Histori

de los animales

los animales

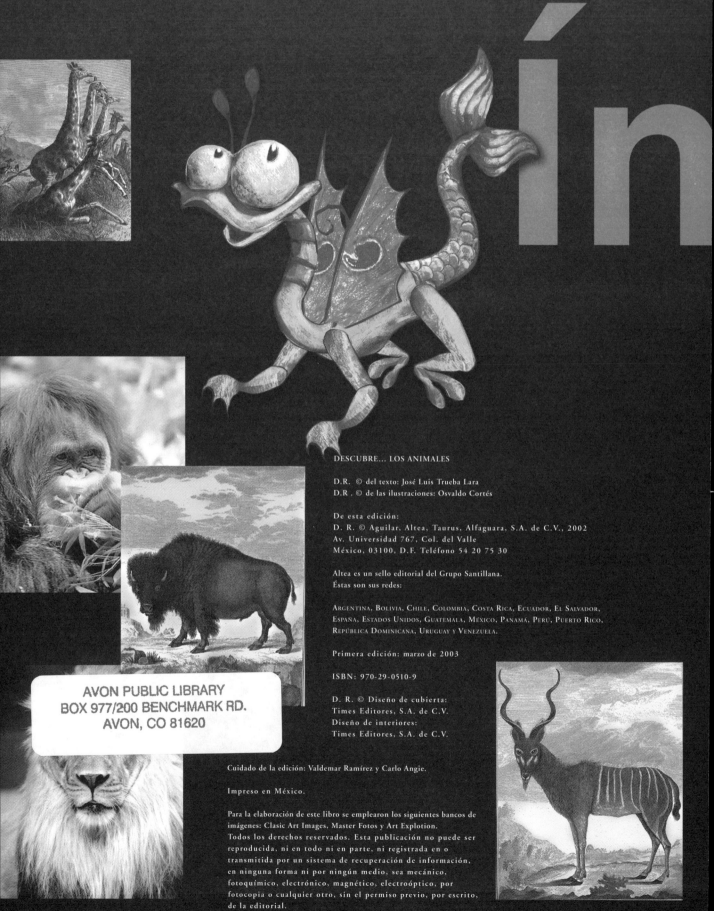

DESCUBRE... LOS ANIMALES

D.R. © del texto: José Luis Trueba Lara
D.R . © de las ilustraciones: Osvaldo Cortés

De esta edición:
D. R. © Aguilar, Altea, Taurus, Alfaguara, S.A. de C.V., 2002
Av. Universidad 767, Col. del Valle
México, 03100, D.F. Teléfono 54 20 75 30

Altea es un sello editorial del Grupo Santillana.
Éstas son sus redes:

ARGENTINA, BOLIVIA, CHILE, COLOMBIA, COSTA RICA, ECUADOR, EL SALVADOR,
ESPAÑA, ESTADOS UNIDOS, GUATEMALA, MÉXICO, PANAMÁ, PERÚ, PUERTO RICO,
REPÚBLICA DOMINICANA, URUGUAY Y VENEZUELA.

Primera edición: marzo de 2003

ISBN: 970-29-0510-9

D. R. © Diseño de cubierta:
Times Editores, S.A. de C.V.
Diseño de interiores:
Times Editores, S.A. de C.V.

Cuidado de la edición: Valdemar Ramírez y Carlo Angie.

Impreso en México.

Para la elaboración de este libro se emplearon los siguientes bancos de
imágenes: Clasic Art Images, Master Fotos y Art Explotion.

Índice

De qué

De qué trat

Este libro habla acerca de los animales y de cómo hemos respondido algunas preguntas a lo largo del tiempo: ¿de dónde surgieron nuestros compañeros de planeta?, ¿por qué razones cambiaron su apariencia al paso de los siglos?, ¿por qué las crías se parecen a sus padres?, ¿cuál es su futuro?

Responder estos cuestionamientos significa realizar un largo viaje que se inicia en Grecia, 500 años antes de nuestra era, y culmina con algunas de las preocupaciones que hoy tenemos sobre lo que ocurrirá si continúan desapareciendo las especies que pueblan los distintos ecosistemas.

Para iniciar el recorrido sólo tienes que dar vuelta a esta página y adentrarte en la historia de los animales.

Grabados del siglo XIX que representan un elefante y un rinoceronte asiáticos.

Las prim

Las primeras explicaciones sobre el origen de los animales las dieron las distintas religiones.

Imagina que eres un hombre que recién salió de las cavernas para vivir en una aldea. Sabes que estás rodeado de animales y que algunos te acompañan en tu vida. ¿Te preguntarías de dónde salieron estos seres tan distintos de ti y de los otros animales? Sin embargo, no podrías responder esta cuestión de manera satisfactoria, y por ello interrogarías a los sacerdotes. Ellos te hablarían sobre los dioses que rigen la vida en el universo, también te dirían que aquellos poderosos seres crearon a los animales. Las primeras respuestas que los hombres tuvimos sobre el origen de los animales las dieron las diferentes religiones.

En Medio Oriente, algunos hombres
pensaban que los animales fueron
creados por Dios durante los seis
días que dedicó a edificar
el universo.

Los mexicas, por su parte,
pensaban que los distintos dioses
crearon diferentes animales.

Y los musulmanes, en el Corán,
sostienen que Alá creó
las parejas de animales.

La antigüe

Las explicaciones que los sacerdotes dieron sobre el origen de los animales no fueron eternas. Poco a poco, los hombres comenzaron a suponer que había otras respuestas, y descubrieron que eran capaces de preguntarle a la naturaleza o proponer ideas para solucionar esta interrogante. La respuesta sobre lo que ocurría en el planeta no estaba en los cielos, sino en la naturaleza misma.

Los griegos fueron los primeros en dar este gran paso en la historia del pensamiento. Algunos de ellos abandonaron las explicaciones religiosas y se adentraron en el camino de la ciencia y la filosofía. Estos hombres —entre los que destacan Anaximandro, Jenófanes, Empédocles, Anaxágoras, Demócrito y Aristóteles— fueron los protagonistas de la primera revolución en el pensamiento occidental.

El medio ambiente de la antigua Europa permitió que algunos animales se desarrollaran con gran facilidad.

Los osos
y los venados
eran muy
comunes en la
antigua Europa.

Según Anaximandro, al principio, el calor del sol comenzó a evaporar algunos de los elementos que contenía el fango.

Del fango nacieron seres cubiertos de espinas que avanzaron hacia las partes secas de la Tierra.

Del fango también nacieron algunos peces extraños.

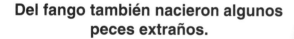

Dentro de los cuales se encontraban los primeros humanos.

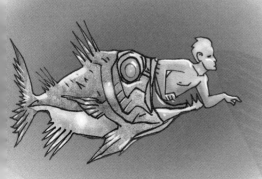

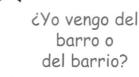

¿Yo vengo del barro o del barrio?

Anaximandro, quien vivió durante el siglo v antes de nuestra era, se propuso un proyecto titánico: escribir un libro que contara la historia de la vida en el cosmos desde su aparición hasta su época. Esta obra, que llevaba por título *Sobre la naturaleza*, se quemó durante uno de los incendios de la biblioteca de Alejandría; sin embargo, los fragmentos que de ella sobrevivieron nos permiten reconstruir algunas de las propuestas de Anaximandro. Para este filósofo, la vida y, por consecuencia, los animales, surgieron debido a la acción de lo caliente y lo seco sobre lo frío y lo húmedo.

Estos animales, dibujados por un artista anónimo del siglo xix, eran comunes en la época de Anaximandro.

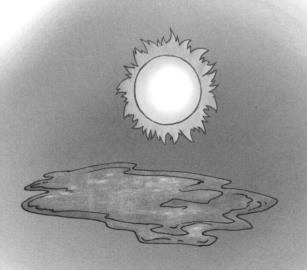

Al principio, el calor comenzó a descomponer el fango.

Del fango en descomposición surgieron las primeras formas.

Una leyenda griega

Para los antiguos griegos la idea de la tierra como generadora de vida era algo más que una especulación filosófica. Uno de sus mitos, el de Gea, se muestra como un puente entre las creencias populares y el racionalismo. Según este mito, al principio del tiempo sólo existía el caos que, al decir de algunos investigadores, era una especie de lodo primigenio del cual nacería el primer ser: una diosa llamada Gea, la madre de la Tierra. A partir de su nacimiento, el caos comenzó a transformarse en el cosmos. Se cuenta que Gea y Urano procrearon a los primeros dioses.

La leyenda de Gea, sobre la que existen muchas versiones y variantes, nos revela el poder que los antiguos griegos concedían a la tierra como generadora de vida, pero la gran diferencia que existe entre esta visión y las propuestas de los filósofos es que éstos no se conformaron con aceptar la capacidad de la tierra, sino que fueron más lejos para descubrir las causas de su poder generador.

Así, aunque no lo parezca, en muchas ocasiones, el racionalismo de la filosofía y la ciencia se unen con las ideas míticas y religiosas para ofrecernos una nueva manera de comprender el universo.

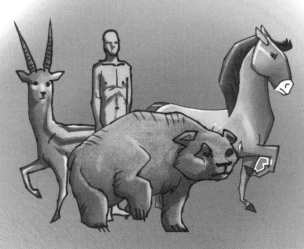

Y las formas se convirtieron en los animales y el hombre.

La idea de que los animales y el hombre surgieron del fango puede parecernos extraña. Sin embargo, durante siglos se pensó que los seres vivos podían nacer de las materias en descomposición por medio de un proceso que se conoce como *generación espontánea*.

Tras la propuesta de Anaximandro, algunos filósofos griegos buscaron afinar sus ideas acerca del papel de la tierra en la generación espontánea, tal fue el caso de Jenófanes, quien, en uno de los fragmentos que han sobrevivido al tiempo, afirmó: "Todo lo que ha nacido y crece es tierra y agua […] de la tierra vienen todas las cosas." En la parte superior de estas páginas te mostramos las ideas de Jenófanes.

Una gacela, un lobo y un lince dibujados por un artista anónimo del siglo XIX.

Jenófanes

Según Empédocles, las primeras
generaciones de plantas y animales
no eran seres completos,
sino partes de ellos.

Con el paso del tiempo,
estas partes se unieron y dieron
paso a seres imperfectos, pues
estaban constituidos por miembros
de distintas especies.

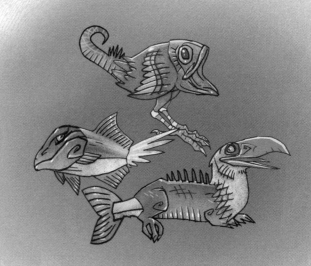

Y al desarrollarse,
las partes distintas se separaron
para encontrar sus lugares
naturales, y dar paso
a la procreación de nuevos seres.

Empédocles y la medicina

La obra de Empédocles está marcada por un gran interés en los órganos del cuerpo humano y sus funciones. Sus aportaciones fueron tan importantes que sus contemporáneos lo consideraban como uno de los fundadores de las escuelas médicas de la antigua Italia. Aunque otros no estaban de acuerdo con esto y decían que Empédocles era un charlatán que nada sabía de medicina y que, en realidad, sólo era una persona a la que le interesaban el lujo y la ropa.

A pesar de su desarrollo, los antiguos griegos no conocieron a muchas especies de animales.

Empédocles fue un personaje extraño: unos lo consideraban mago y otros le tenían por médico; era un gran defensor de la democracia, al grado de ser expulsado de su ciudad natal, y fue contemporáneo de algunos de los más grandes filósofos y artistas griegos (Sócrates, Sófocles, Eurípides y Protágoras, entre otros). Sabemos que escribió, cuando menos, dos libros: *Tratado de la naturaleza* y *Las purificaciones*. En el terreno científico, su mayor aportación estuvo vinculada con las ideas sobre los átomos, los cuales eran concebidos como unidades que, al mezclarse, eran capaces de crear todo lo existente. Esta idea le ayudó a proponer una singular explicación sobre el origen de los animales.

Al principio del tiempo, las semillas de la vida flotaban en el aire.

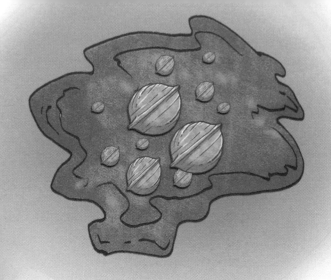

Cayeron en la tierra, como resultado de la acción de las fuerzas naturales.

¿Panspermia?

Las ideas de Anaxágoras nos recuerdan una de las modernas teorías sobre el origen de la vida: la *panspermia*, misma que fue propuesta por dos importantes científicos: Fred Hoyle y N. C. Wickramasinghe en un libro intitulado *La evolución de la vida desde el espacio exterior*. Según estos autores, la vida no pudo surgir en nuestro planeta en la medida en que "hay un abismo inmenso entre los sistemas inorgánicos y las formas de vida", por esta razón ellos sostienen que la vida en nuestro planeta proviene del espacio exterior. Esta teoría, que nada tiene que ver con los "marcianos" y otras criaturas similares, supone que en algún lugar del universo se generaron compuestos químicos orgánicos (a los que llaman material *biótico*, por tener la capacidad de generar vida) y que éstos —al ser arrastrados por el viento cósmico, los meteoritos o los cometas— llegaron a nuestro planeta donde comenzaron a desarrollarse y evolucionar. Esta teoría aún no se ha comprobado, pero los científicos continúan discutiéndola acaloradamente, ya que cambiaría por completo nuestras ideas sobre el origen de la vi-da en nuestro planeta.

La tierra cubrió estas semillas de vida y la lluvia comenzó a hacer su trabajo.

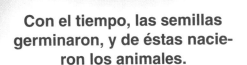

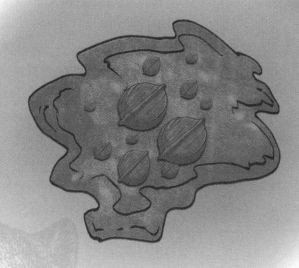

Con el tiempo, las semillas germinaron, y de éstas nacieron los animales.

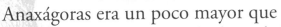

Anaxágoras era un poco mayor que Empédocles y dedicó su vida a la ciencia y la filosofía, renunció a su cuantiosa herencia y asumió una actitud que llevaba hasta las últimas consecuencias sus ideas. Por ejemplo, cuando recibió la noticia de la muerte de su hijo, se limitó a señalar que "sabía que lo había engendrado mortal". Anaxágoras retomó las ideas de Anaximandro y Jenófanes acerca de de la acción de la humedad, el calor y la tierra en la generación de la vida. Sin embargo, él ideó una explicación que llevaba al extremo las posibilidades de generación de la tierra y convirtió al origen de los animales en algo muy similar a lo que ocurre con la siembra en la agricultura.

Anaxágoras

Según Demócrito, al principio, los átomos flotaban en la atmósfera.

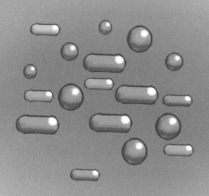

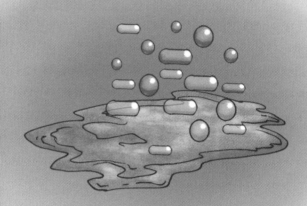

Y cayeron en la tierra como resultado de la acción de las fuerzas naturales.

El calor y la humedad comenzaron a fermentarlos y a provocar que se mezclaran de distintas maneras.

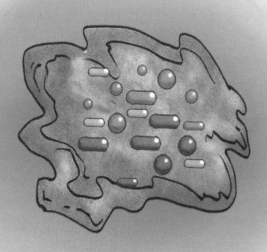

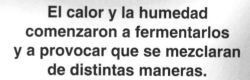

De las burbujas que la mezcla tenía en su superficie, nacieron los distintos animales.

Los átomos

¡Sobraron átomos!

Durante la antigüedad clásica, la cuestión atómica fue discutida por muchos filósofos. En términos generales, ellos sostenían que los átomos eran indivisibles y microscópicos, que tenían distintas formas y que todo lo existente estaba formado por la unión de millones de átomos. Los principales filósofos que discutieron estas ideas fueron tres griegos: Leucipo, Demócito, Anaxágoras y el romano Lucrecio, quien escribió un poema al respecto.

Los antiguos griegos, como hemos visto, propusieron distintas ideas para explicar el origen de los animales: algunos dieron a la tierra la capacidad de crear vida y otros, como Empédocles, comenzaron a especular sobre el papel que jugaban los átomos. Las ideas atómicas fueron desarrolladas al máximo por dos filósofos: Leucipo y su discípulo Demócrito, quien fue un escritor enciclopédico, cuyas obras, al igual que las de una buena parte de sus contemporáneos, se perdieron con el paso del tiempo. Según este filósofo, cuyas propuestas son similares a las de Anaxímenes, Anaxágoras y Jenófanes, los átomos depositados en fango se transformaron, por obra del calor y la humedad, en una serie de burbujas que dieron paso a los seres vivos. Esta propuesta, que hoy puede parecernos extraña, era resultado de una deficiente observación de la naturaleza, pues suponían, por ejemplo, que del fango nacían las ranas y otros animales por generación espontánea.

Demócrito

**Al principio,
sólo existían plantas.**

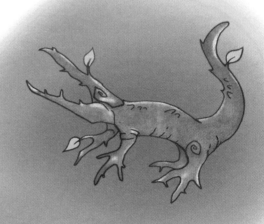

**Y las plantas se
transformaron a tal grado...**

**que algunas de ellas
se convirtieron en animales.**

Las funciones de la vida

En su *Historia de los animales*, Aristóteles escribió a este respecto: "Se puede dividir la vida de los animales en dos actos: procrear y nutrirse, pues todas sus actividades y toda su vida se concentran en esas dos funciones. La alimentación de los animales depende principalmente de la materia de la que están individualmente constituidos. El desarrollo de los mismos se verifica, de manera natural, por efecto de ella. Todo cuanto se conforma con la naturaleza es agradable, pues todos los seres van tras el placer por ley de naturaleza."

Estas palabras, que se escribieron hace casi 2 200 años, abrieron nuevos caminos para pensar a los animales y sus funciones.

¿Piensan los animales?

Esta pregunta también inquietó a Aristóteles, quien escribió lo siguiente en una de sus obras: "En el hombres también hay cualidades que son parecidas a las de los animales; así como en el hombre hallamos conocimiento, sabiduría y sagacidad, ellas también pueden presentarse en ciertos animales. Esto se comprende con facilidad fijándose en los niños […] Desde el punto de vista de la sensibilidad, hay algunos animales que dan alguna muestra de poseerla, y otros la manifiestan claramente."

Aristóteles fue el gran pionero de casi todo lo que nos llena de orgullo en la actualidad: la ciencia, la filosofía y las discusiones políticas fueron sistematizadas por él trescientos años antes de nuestra era.

En el campo de la biología, que abordó en su *Historia de los animales*, Aristóteles no sólo sistematizó todos los saberes de su época, sino que también propuso una explicación sobre el origen de los animales.

La importancia de sus ideas fue tal que, a lo largo de los siguientes periodos de la historia, Aristóteles se convirtió en la última palabra en todas las discusiones de la antigüedad clásica y la Edad Media.

Zoología fantástica

Existen muchas hipótesis sobre los posibles orígenes de los animales fantásticos. Algunos investigadores sostienes que estos seres aparecieron en la imaginación europea al encontrarse los restos de especies extintas; por ejemplo, el fósil de un dinosaurio pudo dar paso a que la gente imaginara un dragón. Otros piensan que estos animales aparecieron por las malas descripciones que se hicieron de otros seres vivos, tal podría ser el caso de los rinocerontes que se transformaron en unicornios a fuerza de imaginación. Sea cual sea la respuesta, lo importante es que estos animales maravillosos nos permiten continuar soñando y creando aventuras.

En la obra de Plinio el viejo los animales fantásticos se convirtieron en realidad. A partir de ella, la mayor parte de los filósofos de Europa aceptaron que en el mundo existían dragones, unicornios, mantícoras y toda clase de seres maravillosos.

Un extraño animal

La zoología fantástica mostrada por Plinio en su *Historia natural* permaneció en la mente de los europeos durante varios siglos. Por ejemplo, en un libro escrito por un jesuíta alemán a mediados del siglo XVIII, mismo que lleva por título *El rudo ensayo. Descripción geográfica, natural y curiosa de la provincia de Sonora*, puede leerse lo siguiente: "Preséntase a nuestra vista en primer lugar un águila de dos cabezas, la que con la tradición en estas tierras llaman *seipipiraigue*." Pero en la Nueva España no sólo se suponía que la existencia este animal, pues en otros textos se habla de serpientes con dos cabezas, jabalíes con el ombligo en el lomo y otras rarezas.

Pocos hombres de ciencia llevaron sus inquietudes tan lejos como Plinio el Viejo, quien falleció por respirar vapores venenosos mientras observaba cómo hacía erupción el Vesubio, que sepultó la ciudad de Pompeya. Plinio era romano y, a lo largo de su vida, fue soldado, legislador, gobernante de provincias y consejero de la corte; pero todas estas actividades no le impidieron que escribiera una de las obras más ambiciosas de la ciencia: los 37 libros de su *Historia natural*, donde buscaba reunir todos los conocimientos que se tuvieran sobre el tema que abordaba. Sus escritos, a pesar de que no fueron tan rigurosos como los de Aristóteles, nos permiten descubrir cómo se miraba a los animales en aquellos tiempos y, simultáneamente, nos ayudan a descubrir una serie de criaturas fantásticas que llegaron a ser consideradas reales al paso de los años.

Plinio

La Ed

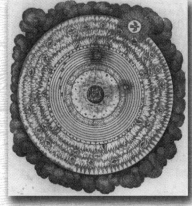

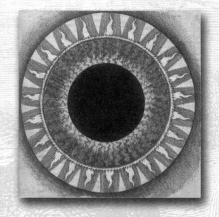

Durante la Edad Media, la mayor parte de las discusiones científicas estaban vinculadas con la Biblia y con Aristóteles. En ellas no se buscaba desentrañar los misterios de la naturaleza, sino explicar la creación divina, misma que se muestra en esta serie de dibujos de la época.

La Edad Media

dad Media
La Edad Media
ad Media

La antigüedad clásica terminó cuando el imperio romano fue invadido por los bárbaros. A partir de aquel momento, la historia se transformó por completo: las ciudades y los caminos, el comercio entre continentes y los intercambios científicos. El desarrollo del conocimiento y las investigaciones para explicar el comportamiento de la naturaleza se suspendieron casi por completo. En efecto, las personas comenzaron a vivir en pequeñas ciudades que prácticamente no se comunicaban con sus vecinos y el conocimiento quedó en manos de la Iglesia. Durante los cerca de mil años que duró esta época, los monasterios fueron los únicos centros de investigación, pero sus trabajos sólo estaban dedicados a explicar y comprobar, a como diera lugar, las afirmaciones plasmadas en la Biblia.

Uno de los animales de la zoología fantástica más interesantes es el basilisco. Aquí te presentamos cómo pensaban que nacía este animal gracias a que un sapo empollaba el huevo de una gallina.

Los animales en la Edad Media

Durante la Edad Media aparecieron varios libros dedicados a describir a los animales. Asomémonos a estos textos y descubramos algunas rarezas:

"El elefante es el mayor animal conocido. Sus dientes son de marfil y su pico se llama trompa, la cual es muy semejante a una serpiente. Con el pico toma el alimento y se lo lleva a la boca."

"Existe un cuadrúpedo semejante al león, de hocico más largo y más curvado. Se encuentra en la India y lo llaman tigre; se dice que guarda a sus crías en una bola de cristal hueca."

"La mantícora tiene ojos de cabra y cuerpo de león, cola de escorpión y voz de serpiente. Mediante su dulce canto, atrae a las personas y las devora."

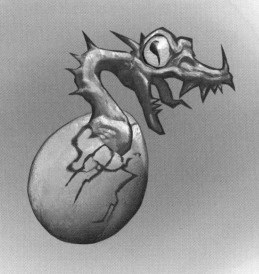

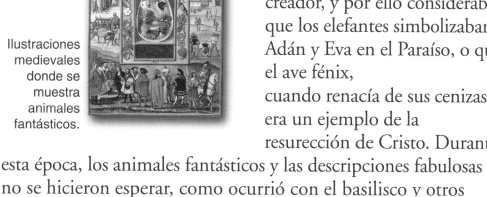

Ilustraciones medievales donde se muestra animales fantásticos.

En la Edad Media, los sacerdotes comprendieron a los animales de una manera muy especial: ninguno dudaba que estos seres habían sido creados por Dios y no eran capaces de oponerse a las palabras de la Biblia, de Aristóteles y Plinio. Por estas razones, comenzaron a suponer que los animales sólo existían para ejemplificar los deseos de su creador, y por ello consideraban que los elefantes simbolizaban a Adán y Eva en el Paraíso, o que el ave fénix, cuando renacía de sus cenizas, era un ejemplo de la resurección de Cristo. Durante esta época, los animales fantásticos y las descripciones fabulosas no se hicieron esperar, como ocurrió con el basilisco y otros animales descritos por Plinio.

La fantasía

La revolución
La revolución
revolución

La Edad Media comenzó a morir lentamente. Los hombres que partieron a las cruzadas, los que realizaron los primeros viajes de exploración en los territorios cercanos y el reinicio del comercio entre las naciones, situaron a los europeos ante nuevas realidades: el mundo y los animales no eran como ellos suponían. Así, en el siglo XV, comenzó una revolución científica en la astronomía y —al paso del tiempo— ella afectó a los distintos campos del saber. La revolución en la biología tardó algún tiempo en ocurrir y, curiosamente, se inició cuando los científicos tuvieron que poner en orden las palabras que empleban en sus discusiones.

El gran aporte que realizó a los estudios de ciencias naturales el botánico y médico Karl von Lineé consistió en poner orden dentro del caos, cuestión que realizó en su principal obra, intitulada *Crítica botánica*. Este libro es uno de los muchos que preparó mientras vivía en Holanda como médico de cabecera del comerciante George Clifford.

Karl von Lineé, según un antiguo grabado.

Gracias al sistema de Linné, los científicos estuvieron en condiciones de lograr una perfecta identificación de las especies, sin importar lo parecidas que fueran.

Lineé nos cuenta...

"Cuán pesada es la carga que la discrepancia de nombres ha puesto sobre los botánicos, misma que es el primer paso hacia la barbarie [...] para los botánicos han sido inevitables los cambios de nombres [...] Por eso no podemos esperar una paz duradera y tiempos mejores hasta que los botánicos no se pongan de acuerdo para admitir leyes fijas, conforme a las cuales pueda pronunciarse un juicio sobre los nombres o puedan distinguirse los nombres acertados de los desacertados."

Crítica botánica.

Cómo clasificar animales

Prácticamente todos los animales tienen un nombre común, pero, después de los trabajos de Linné, ellos también tienen un nombre científico en latín. El lobo, por ejemplo, es designado como *Canis lupus*; el primer nombre que se escribe con mayúscula indica el género (*Canis*) y el segundo (*lupus*) la especie de que se trata.

Antes de Lineé, los científicos que estudiaban la flora y la fauna vivían en el enredo. Ellos usaban el nombre común a las plantas y los animales, y al final no podían entenderse.* Esta situación permaneció hasta mediados del siglo XVIII, cuando Karl von Lineé publicó una de las obras más importantes para la biología, la *Crítica botánica*, en la cual creó un sistema para nombrar a los seres vivos sin caer en confusiones: sólo eran necesarias dos palabras en latín para tener perfectamente claro de qué se estaba hablando. Así, con la invención de la nomenclatura binomial, la confusión terminó por completo y, gracias a ella, podemos decir *Homo sapiens* en vez de hombre. Por esta razón, en el siglo XVIII se decía: "Dios creó el mundo y Lineé lo puso en orden."

---

* Por ejemplo: en el centro de México existe un animal al que llamamos "tlacuache", el cual es conocido como "zarigüeya" en otros lugares. De esta manera si dos científicos hablaban sobre el mismo animal, el diálogo terminaba en una gran confusión.

Lineé

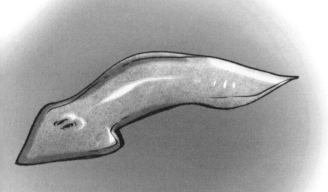

Para Lamarck, el punto de partida fueron los seres simples...

que se enfrentaron a una serie de problemas en su medio ambiente,

lo cual provocó en ellos una serie de cambios físicos.

Pero si el problema que les presenta el medio ambiente desaparece y ellos dejan de usar aquello que cambió en sus cuerpos, la transformación desaparece.

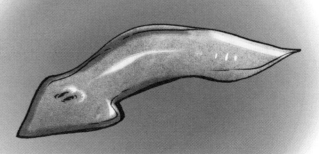

Algunas ideas de Lamarck

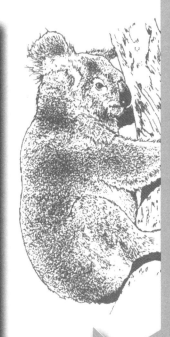

"Los diversos lugares del mundo son diferentes debido a su posición, composición y clima […] Cuando cambian los lugares, tambien cambian aquellas circunstancias que tienen que ver con los seres vivos que en ellas habitan, de manera que se modifican las influencias que ejercen sobre animales y plantas […]"

Filosofía zoológica.

Jean Baptiste Lamarck, según un grabado de principios del siglo XIX.

Durante muchos años se pensó que Dios había creado a los animales de una vez y para siempre: las ballenas, los perros, las jirafas y las tortugas nunca habían cambiado. Sin embargo, desde comienzos del siglo XVIII, esta idea comenzó a ponerse en duda y se llegó a la conclusión de que los animales sí cambiaron con el paso del tiempo, que ellos, por alguna razón, habían *evolucionado*.

Jean Baptiste Lamarck fue uno de los primeros científicos que propuso la idea de la evolución y determinó cuáles eran los criterios para determinar qué es una especie, con lo cual se produjeron muchos problemas entre la Iglesia y la ciencia, mientras la biología avanzó en su conocimiento de la naturaleza.

Georges Louis de Buffon, según un grabado de su época.

Georges Louis de Buffon, cuya vida transcurrió poco antes que la de Lamarck, también fue un evolucionista, pero sus ideas eran distintas a las de los demás científicos, quienes sostenían la importancia de los cambios en los animales. Una de las características sus investigaciones es que trató de crear un sistema que fuera capaz de explicar la totalidad de los cambios en la naturaleza.

Sus libros fueron perseguidos por la Iglesia, a pesar de que en varias ocasiones él señaló: "No he tenido la intención de contradecir a la Sagrada Escritura, mi hipótesis [...] es una especulación filosófica."

y los cambios ocurridos en ellas sólo se deben a degeneraciones,

Según Buffon las especies se crearon tal y como las conocemos,

Unas palabras de Buffon

"Si hay algo capaz de darnos idea de nuestra debilidad, es el estado en que nos hallamos inmediatamente después de nacer. El niño recién nacido, incapaz de usar todavía sus órganos y de servirse de sus sentidos, necesita toda clase de ayuda [...] Cuanto más joven es el individuo, tanto más rápido es su crecimiento, y esto mismo se observa en las demás clases de animales y en las plantas. También se ha notado que las plantas crecen más en el verano que en el invierno, porque el calor favorece más que el frío. Hay niños que crecen con mayor rapidez que otros y cuyo desarrollo es más temprano."

o de la alimentación de los animales.

que pueden ser resultado del clima

Buffon

Unas palabras de Darwin

"Viajando en calidad de naturalista a bordo del *Beagle*, me llamaron la atención ciertos hechos sobre la distribución de los seres orgánicos en Sudamérica y las relaciones geológicas entre los habitantes actuales y pasados de este continente. Estos hechos [...] parecieran dar cierta luz acerca del origen de las especies, misterio de los misterios, como lo ha llamado uno de los más grandes de nuestros filósofos [...] De vuelta a mi patria se me ocurrió que acaso podía hacerse algo para solucionar dicha cuestión, acumulando con paciencia hechos de toda suerte que quizá pudieran tener algún alcance en esta materia."

El origen de las especies.

¡Mi abuela no era un simio!

Caricatura de Charles Darwin.

Charles Darwin, según un grabado de su época.

Las investigaciones de Charles Darwin señalan el momento en que la biología llegó a su mayoría de edad. Los hechos que le llevaron a proponer su idea de la evolución son una historia de aventuras: muy joven, Darwin se embarcó como científico en un barco —el *Beagle*— que daría la vuelta al mundo. En su travesía analizó una gran cantidad de animales y descubrió que algunos de ellos tenían pequeñas diferencias. "¿Por qué ocurrían estos cambios? y ¿por qué las crías se parecen a los padres?", se preguntó Charles al observarlos. Al regresar a Inglaterra, Darwin analizó sus datos y publicó un libro que se agotó el primer día que salió a la venta: *El origen de las especies*, mismo que abrió caminos a las modernas investigaciones biológicas, gracias a sus ideas sobre la evolución y la selección natural.

Darwin

Características de los ojos
de los padres.

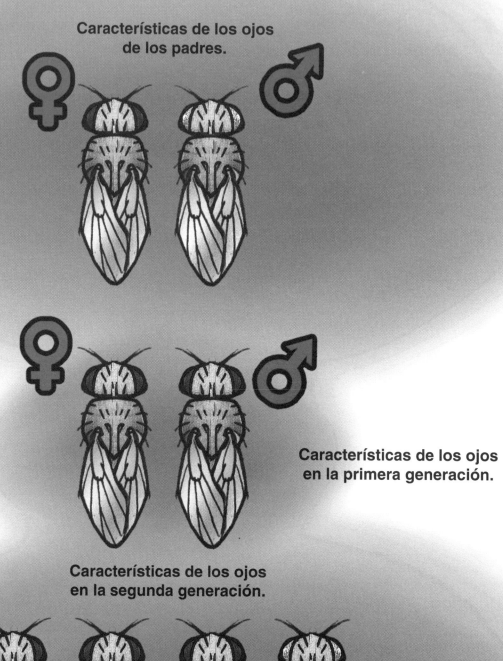

Características de los ojos
en la primera generación.

Características de los ojos
en la segunda generación.

Las moscas y Morgan

"Cuando Morgan inició sus experimentos con la mosca de la fruta no era un darwinista convencido [...] A medida que Morgan realizaba avances en su trabajo [...] y muy especialmente a partir del hallazgo de la mosca de ojos blancos, estuvo en condiciones de pensar que las mutaciones o los cambios son heredables, ya se trate de aberraciones gruesas o de simples mutaciones."

Ana Barahona,
El hombre de las moscas.

Thomas H. Morgan.

Tras las investigaciones de Darwin la evolución se convirtió en una idea dominante. Sin embargo, aún quedaba un problema por resolver: ¿de qué manera heredan sus características los padres a los hijos? Esta cuestión comenzó a ser resuelta por dos investigadores: Mendel, quien estableció las primeras leyes de la herencia, y Morgan, que realizó una serie de experimentos con una especie de mosca que comprobaron y ampliaron las ideas del primero. Gracias a estos investigadores, la difícil pregunta comenzó a ser respondida.

Mendel, el iniciador de las investigaciones genéticas.

En la Tierra primitiva se crearon
las primeras moléculas complejas,

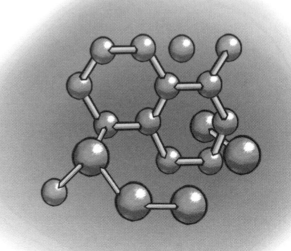

que formaron una "sopa primitiva"
en las aguas del planeta.

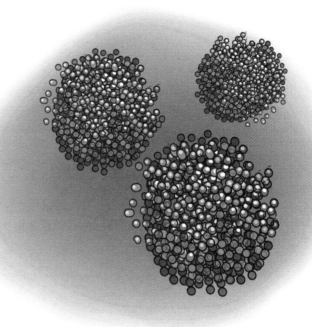

Por las fuerzas de la naturaleza
en la sopa aparecieron
los protobiontes, seres que darían
paso a la vida,

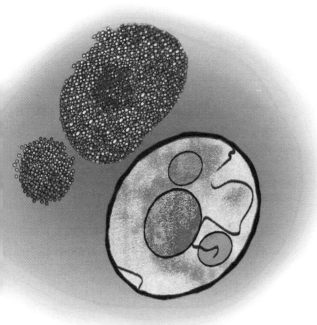

pues al paso del tiempo
se convirtieron en los organismos
unicelulares que son el primer paso
de la evolución.

Oparin opina sobre...

"Vida... la palabra misma es simultáneamente fácil de entender y enigmática para cualquier ser pensante. Cualquiera creería que el significado del término siempre ha sido claro e igual en todas las épocas y para todos los pueblos. No obstante, sabemos que a lo largo de la historia de la cultura humana han habido conflictos irreconciliables respecto a cómo debería ser entendida. Incluso la pregunta de qué es lo vivo ha sido definida (y sigue siéndolo) de maneras totalmente diferentes."

La naturaleza de la vida.

Alexander I. Oparin.

A pesar del desarrollo alcanzado por la biología a partir del siglo XVIII, el cual permitía explicar las causas de los cambios sufridos por las distintas especies, los científicos no habían respondido con precisión una pregunta fundamental: ¿de qué manera comenzó la vida?

Al comienzo de los años veinte del siglo pasado, un joven investigador de la desaparecida Unión de Repúblicas Socialistas Soviéticas, comenzó a trabajar en aquella pregunta. Alexander I. Oparin, tras varios años de investigación, logró crear una de las teorías sobre el origen de la vida que mayor influencia han tenido. Oparin terminó, de una vez y para siempre, con las ideas de que los seres vivos fueron creados por algo que está más allá de este mundo.

¿Cuál de los cuadros que se forman en el centro de la figura es más grande? Aunque no lo creas, ambos son iguales, su diferencia se debe a una ilusión óptica.

El mimetismo permite que los animales se escondan en su medio ambiente gracias a una serie de trucos ópticos. A continuación te presento tres ilusiones ópticas a fin de que comprendas cómo funciona el mimetismo.

¿Ya observaste los puntos que están entre los cuadros?, pues ninguno de ellos está impreso, también son una ilusión óptica.

¿Estás seguro que esta figura tiene forma de estrella? Pues no es así, ya que los que observas sólo es una ilusión óptica.

¿Qué es

s un animal? ¿Qué
¿Qué es un animal?
un animal?

Sabemos que los animales evolucionan, que gracias a los genes pueden heredar sus características a sus descendientes y conocemos una de las teorías sobre el origen de la vida en nuestro planeta. Sin embargo, tenemos algunas preguntas pendientes: ¿qué es un animal?, ¿qué tienen en común un coral, una lechuza, un atún y un rinoceronte? En las siguientes páginas daremos respuesta a estas preguntas y para conocerlas, sólo tienes que continuar tu lectura.

Celentéreos

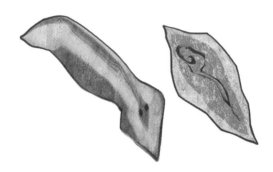

Platelmintos

Anélidos

Moluscos

Crustáceos

Arácnidos

Artrópodos

Insectos

Miriápodos

Invertebrados

Ninguna persona dudaría que los animales son seres vivos: ellos nacen, respiran, se alimentan, crecen, se reproducen y mueren. Sin embargo, podríamos hacernos una pregunta: ¿cuáles son las diferencias que existen entre ellos y las plantas? La principal es que los animales tienen que obtener su alimento, mientras que las plantas lo producen utilizando la luz y la clorofila. Además, los animales pueden desplazarse, cuentan con órganos sensoriales y poseen células nerviosas.

Peces

Anfibios

Reptiles

Aves

Mamíferos

Vertebrados

Clasificación

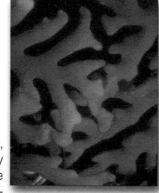

Las hidras, medusas, anémonas marinas y corales (como los que se muestran en las fotografías) forman el grupo de los celentéreos.

Una historia sobre los corales

Cuando pensamos en el coral, las imágenes que vienen a nuestra mente se vinculan con las grandes estructuras del lecho marino. Estas construcciones son los "esqueletos" de los corales. Cuando estos animales llegan a la madurez sueltan unos filamentos de los que surge un nuevo coral que entierra a su progenitor. Este proceso —conocido como "reproducción por gemación"— nunca se detiene, razón por la cual los corales son capaces de construir inmensas estructuras con sus "esqueletos". Las estructuras de coral no existen en todos los mares, pues requieren de la unión de varios factores: aguas claras con una profundidad que no sobrepase los 50 metros, una temperatura cálida, buena luz y una gran cantidad de algas microscópicas que les permitan alimentarse.

Es necesario aclarar que no todos los corales son duros; algunos son tan suaves y flexibles que sus conjuntos parecen plantas.

Boca

Estómago

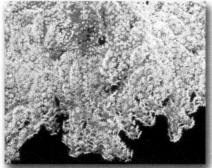

Distintas especies de celentéreos.

Los celentéreos son animales invertebrados y pluricelulares (están formados por muchísimas células especializadas), y su apariencia puede ser muy diferente entre las distintas especies: entre ellos se encuentran los corales, las medusas y las anémonas marinas. Las células de estos animales se distribuyen en dos niveles formando una bolsa con doble pared donde se desarrollan las funciones de nutrición y circulación. Algunos de ellos tienen una boca y tentáculos que les permiten atrapar otros animales. Sus tentáculos pueden "picar" a sus presas y paralizarlas antes de ser devoradas, como sucede con las medusas.

celentéreos

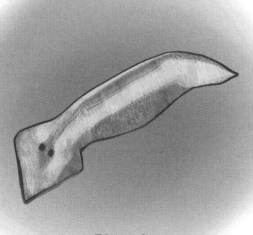

Planaria

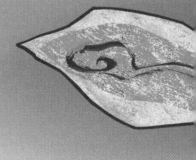

Duela

Las enfermedades y los platelmintos

A pesar de su simplicidad anatómica y su apariencia inofensiva, algunos platelmintos son animales sumamente peligrosos y capaces de matar a sus víctimas, las cuales pueden ser mucho más grandes que ellos. Efectivamente, los tres platelmintos que te presentamos en la parte superior de esta página tienen la capacidad de matar a sus víctimas, pues son parásitos de muchos animales, entre ellos el hombre.

Ellos son, por decirlo de alguna manera, los causantes de enfermedades. Cuando se convierten en huéspedes de otro animal comienzan a alimentarse de lo que come su víctima y, en algunos casos, crecen hasta alcanzar un tamaño bastante grande. Los platelmintos considerados como parásitos se alojan en distintas partes del cuerpo: las tenias pueden vivir en el intestino, las duelas en el hígado y las planarias en otros órganos. Otro animal de este grupo que también es muy peligroso es el *Schistosoma hematobium*, que se aloja en los vasos sanguíneos del intestino. Es necesario cuidarse de estos animales, que entran en nuestro cuerpo como huevecillos que fueron despositados en la tierra o el agua.

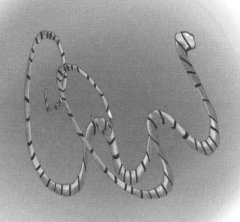

Tenia

Tenia, según un grabado del siglo XIX.

Los platelmintos son popularmente conocidos como "gusanos planos": son animales invertebrados que viven en el agua o en ambientes húmedos y que nacen de huevecillos. Algunos estudiosos consideran que estos animales pueden dividirse en dos grupo con ciertas distinciones: los platelmintos en sí que son expertos nadadores, pues viven en el lecho marino, en los arroyos, lagunas y charcos; y los *trematodos* quienes, a pesar de ser gusanos planos, son parásitos y pasan su vida ocultos en el cuerpo de otros animales o plantas. Este es un ejemplo más de que la diferencia de *hábitats* puede transformar a los animales.

Me cayó mal la lombriz del desayuno.

Platelmintos

Lombriz, según un grabado del siglo XIX.

Una historia de sanguijuelas

En el pasado, las sanguijuelas ocuparon un lugar muy especial, los médicos suponían que les ayudaban a curar algunas enfermedades. Hace muchos años se pensaba que las sangrías, es decir, sacar sangre a los enfermos, ayudaban en el combate contra las enfermedades, y las sanguijuelas realizaban perfectamente esta acción, pues ellas, al colocarse sobre un animal, comienzan a succionar sangre, lo cual las convirtió en excelentes ayudantes de los doctores. El uso de las sanguijuelas estaba tan extendido que, en algunas ocasiones, los gobiernos tuvieron que intervenir para legislar sobre su calidad. Por ejemplo, a mediados del siglo XIX, en México se exigía que los criaderos de sanguijuelas se establecieran en lugares limpios, que las alimentaran con la sangre de caballos sanos y que no se volvieran a usar después de haberse alimentado de un enfermo grave.

En la actualidad se ha descubierto que las sangrías, en términos generales, no sirven de nada y las sanguijuelas han caído en desuso. Sin embargo, se han iniciado investigaciones para descubrir nuevas utilidades médicas para estos animales que se alimentan de sangre.

Si los platelminos son conocidos como "gusanos planos", los anélidos como las lombices son "gusanos redondos" . Estos animales son muy interesantes, al mismo tiempo son macho y hembra, y tienen la capacidad de regenerar algunas partes de su cuerpo: si una lombriz es partida por la mitad, generará una nueva cola.

Pero las lombrices comunes no son las únicas representantes de su grupo, en el sur de África existen las lombrices gigantes, que pueden llegar a medir hasta siete metros y tener un ancho de dos o tres centímetros.

Los anélidos, al igual que los platelmintos y otros invertebrados, se reproducen mediante huevecillos.

No todos los animales alargados son anélidos, justo como se muestra en estas imágenes.

¿Pulpos gigantes?

Las leyendas, la literatura y el cine nos cuentan muchísimas historias sobre pulpos y calamares gigantes que atacan los barcos y devoran tripulaciones completas. Estas ideas son verdad y, al mismo tiempo, son mentira. Sí existen calamares gigantes y pulpos de gran tamaño, pero estos animales son prácticamente inofensivos para los seres humanos. Ellos prefieren realizar una graciosa huida antes de enfrentarse con sus enemigos y para esto utilizan un sistema muy parecido al de los aviones con motores a reacción: estos animales, al igual que las medusas y las sepias, avanzan lanzando un chorro de agua que actúa de una manera similar a la de las turbinas, y cubren su escape con una mancha de tinta que asusta o desorienta a su atacante.

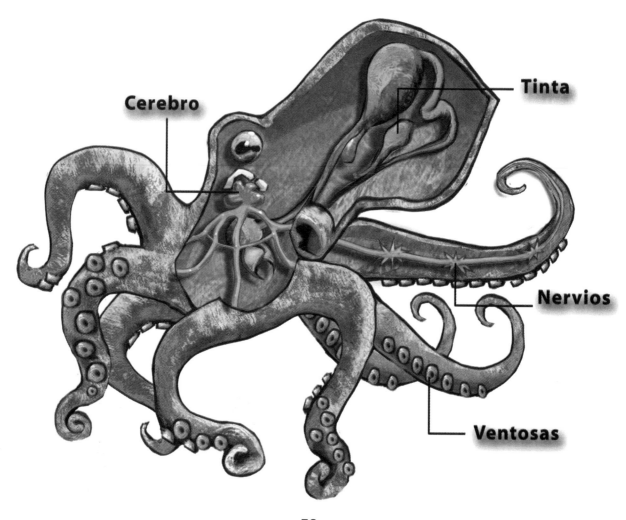

Cerebro

Tinta

Nervios

Ventosas

Los pulpos han cautivado la imaginación de las personas y se convirtieron en personajes de leyenda.

Los moluscos que están en las fotografías comparten una característica... ¿ya la descubriste?

La mayoría de los animales que tienen un caparazón son moluscos, los cuales forman un enorme y variado grupo que comprende cerca de 120 000 especies de invertebrados que viven prácticamente en todas las zonas de nuestro planeta. Un molusco típico tiene el cuerpo blando (como los pulpos, los caracoles y los mejillones) y una concha (como las almejas) de carbonato de calcio y otros minerales que toman de su medio ambiente. Sus conchas son uno de los medios que emplean para garantizar su supervivencia: éstas no sólo los protegen de las fuerzas de la naturaleza (como el calor o la lluvia), sino también de muchos de sus depredadores, que no pueden comérselos debido a esta protección. Muchos de estos animales son comestibles. A lo largo de la historia, la belleza de sus conchas ha sido muy estimada, a tal grado, que en muchas partes del mundo aún se les emplea para crear adornos.

Moluscos

Dos especies de cangrejos adaptadas para vivir en distintos ambientes.

¿Qué es el mimetismo?

El mimetismo es la capacidad que tienen algunos animales para confundirse con su entorno gracias a la coloración de sus cuerpos. Es una manera de protegerse de sus depredadores. Gracias a esta habilidad, algunas especies cambian de color de acuerdo con las estaciones del año (como las liebres americanas que son blancas en invierno y pardas en verano) o adquieren los tonos del lugar que habitan. También existe una forma de mimetismo —el *batesiano*— que es mucho más complicada, pues permite que los animales cambien su apariencia a tal grado que sus depredadores pueden confundirlos con otra especie; por ejemplo, ciertos insectos inofensivos se "disfrazan" de venenosos para alejar a sus agresores. Algunos de estos cambios se originan por una células que reciben el nombre de *cromatóforas*, mismas que contienen pigmentos que alteran el color de los animales.

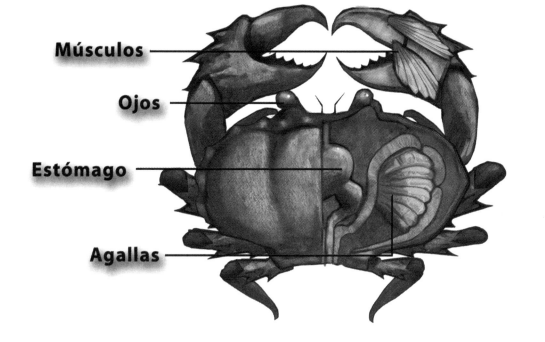

Músculos

Ojos

Estómago

Agallas

Un cangrejo dibujado por un artista anónimo del siglo XIX.

Los crustáceos —con sus coloridas armaduras, patas articuladas y antenas— son uno de los grupos de animales invertebrados más numerosos y de apariencia más extraña. Son tan abundantes en el mar como los insectos en la tierra. Sus formas y tamaños son variadísimos: algunos son microscópicos y forman parte del *plancton* marino del que se alimentan algunas ballenas, otros miden unos cuantos centímetros como las galateas, y otros son tan grandes que llegan a medir tres metros y medio como el cangrejo gigante de Japón. Los crustáceos más conocidos son los *decapodos,* es decir, los que tienen diez patas, entre los que se encuentran las langostas, los cangrejos, los bogavantes y las gambas. Pero no creas que estos animales son los que tienen más extremidades entre los crustáceos, pues existen algunos que poseen hasta diecisiete pares.

¿Comemos insectos?

Los pequeños animales forman parte de la dieta del hombre desde hace muchos años.

En algunas regiones de México, como Oaxaca, los chapulines son considerados como un manjar; en Morelos se comen algunas especies de chinches en tacos con guacamole, y los gusanos de maguey son un regalo para los paladares más exigentes del centro del país, por lo que no podían faltar en las mesas de los gobernantes mexicas.

Los mexicanos no somos los únicos que desde la época prehispánica incluimos a los insectos en nuestra dieta, otras culturas también los consumen en sofisticados platillos. Incluso, se han publicado algunos recetarios para cocinar insectos.

Cerebro

Nervios

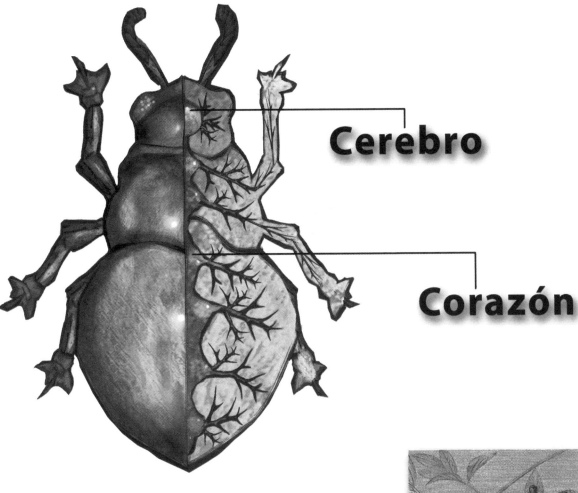

Cerebro

Corazón

Los insectos son el mayor grupo de animales en nuestro planeta: actualmente se han clasificado más de cinco millones de especies que viven en cualquier lugar que tenga calor y humedad. No todos los animales pequeños son insectos, pues éstos se caracterizan por tener seis patas, un esqueleto externo, que se conoce con el nombre de exoesqueleto, el cual funciona como una coraza que los protege, poseen antenas y, en algunos casos, tienen alas. Los insectos típicos respiran por medio de tubos —llamados tráqueas— que desembocan en agujeros a sus costados.

Diferentes clases de insectos, según un grabador anónimo del siglo XIX.

Insectos

Músculos

Tendón

Aparato reproductor

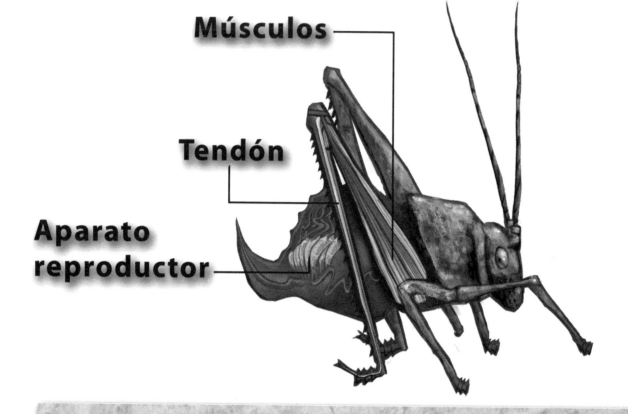

¿Qué es la metametría?

Para comprender este concepto es necesario que imagines un cienpiés: su cuerpo está formado por muchos segmentos que le permiten moverse con gran rapidez y agilidad. Si no tuvieran esos segmentos casi no podrían moverse y les ocurriría lo mismo que a un tren cuyos vagones estuvieran soldados para formar una caja larga y rígida. La metametría supone que los animales están constituidos por muchas partes que se repiten e interactúan; por ejemplo, el esqueleto de un perro es metamétrico, la interacción permite que las patas se empleen como mecanismo de locomoción. No todos los animales son metamétricos, los seres más sencillos (los protozos, celentéreos y esponjas, por ejemplo) no tienen esta característica y por eso sus movimientos carecen de la precisón que tienen los de otros animales.

¿Por qué cantan los grillos?

Los grillos, cuya vida apenas durante entre siete y ocho meses, tienen un "canto" muy especial. Según algunos entomólogos —así se llaman los científicos que estudian los insectos— este ruido, producido por el frotamiento de sus élitros, tiene como fin que los machos llamen la atención de las hembras para aparearse y propagar su especie. Así, podemos decir que el canto de los grillos es una romántica serenta.

Los insectos pertenecen al grupo de los artrópodos (el cual también comprende a los arácnidos y los crustáceos), que son animales invertebrados con extremidades articuladas y un duro exoesqueleto. Las patas de estos insectos son una maravilla: les sirven para saltar (como los chapulines), nadar (como el escarabajo buceador que almacena aire bajo sus alas para respirar mientras está bajo el agua), detenerse en las superficies más lisas como lo hacen las moscas, y para correr y caminar.

Los insectos artrópodos —al igual que la totalidad de sus semejantes— nacen de huevecillos, mismos que depositan en los más diversos lugares: el agua, el lodo, las plantas, algunas frutas e incluso, dentro de ciertos animales.

Grabado anónimo del siglo XIX.

Artrópodos

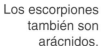

Los escorpiones también son arácnidos.

Las arañas en el cine

En el cine de terror, las plantas y los animales son un peligro para la humanidad. No importa si se trata de gorilas gigantes —como King Kong—, reptiles espeluznantes —a la manera de Godzilla—, pirañas voladoras o dinosaurios vueltos a la vida para animar un parque de diversiones a la manera de *Parque jurásico*. Unos de los animales que ocupan un lugar especial dentro de los miedos cinematográficos son las arañas. Poco importa si llegan de la selva para atacar una comunidad como ocurre en *Aracnofobia*, si crecieron desmesuradamente y deciden comerse a los habitantes de un pueblo como ocurre en *El ataque de las arañas* o si adornan con sus telas los lugares donde viven las más espeluznantes criaturas o los creadores de monstruos. ¿Te podrías imaginar el castillo de Drácula sin una gran cantidad de telarañas? No sabemos cuáles son las razones que determinan el miedo que se tiene a estos animales, pero sí estamos seguros de que el cine les ha dado un buen lugar.

Ojos

Hileras

Patas con pelo sensible

Las arañas viven en casi todos los lugares de la Tierra.

Los arácnidos no son insectos, pues tienen ocho patas, carecen de alas y de antenas. Los animales de este grupo, entre los que se encuentran las arañas y los escorpiones, poseen glándulas que producen veneno para someter a sus presas; a pesar de esto, la mayoría de las arañas son inofensivas para los seres humanos. Sólo existen unas 30 especies que son realmente peligrosas para nosotros. Las arañas sólo toman alimentos líquidos, no tienen mandíbulas adecuadas para masticar, por lo que inyectan a sus víctimas sus jugos digestivos para después succionarlas.

Arácnidos

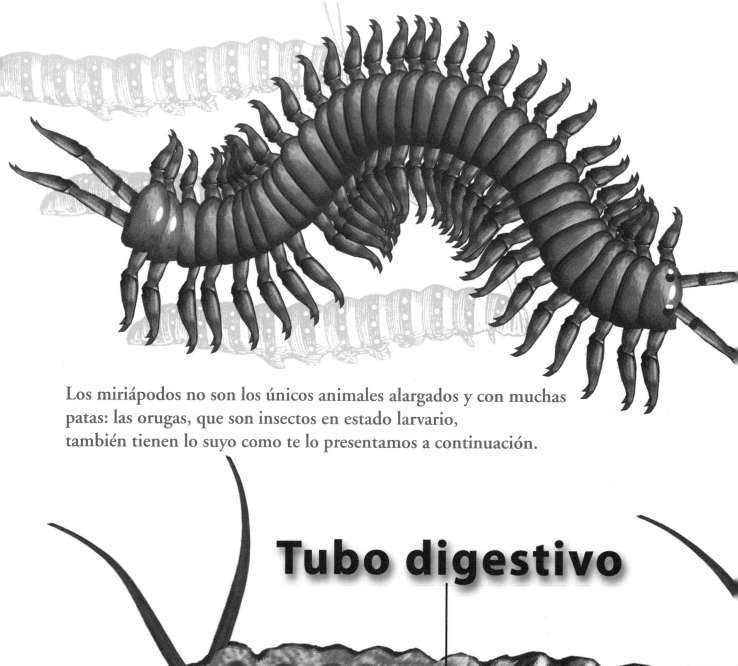

Los miriápodos no son los únicos animales alargados y con muchas patas: las orugas, que son insectos en estado larvario, también tienen lo suyo como te lo presentamos a continuación.

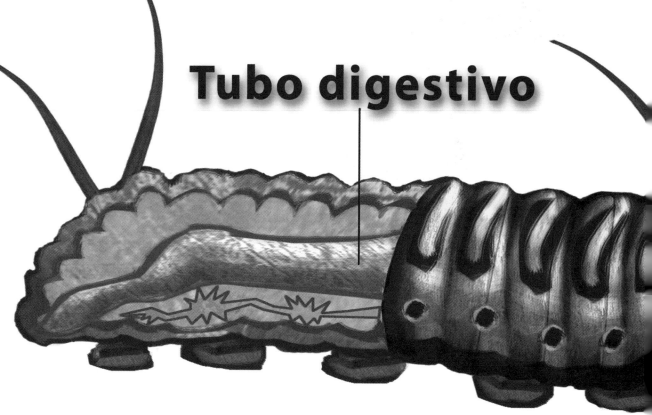

Tubo digestivo

Los miriápodos son inconfundibles: tienen demasiadas patas y los nombres que comunmente les damos nos ayudan a identificarlos, así sucede con el ciempiés y el milpiés. Sin embargo, a pesar de las creencias, estos animales no tienen exactamente cien patas, algunos tienen más y otros menos. Les gusta vivir bajo la tierra o en lugares oscuros y húmedos, como debajo de los troncos y las piedras. Todos nacen de huevecillos y son fecundados de distintas maneras. Casi todos son inofensivos, aunque algunos son venenosos. Los milpiés son vegetarianos y los ciempiés carnívoros, por lo que tienen la costumbre de intentar devorar a sus semejantes.

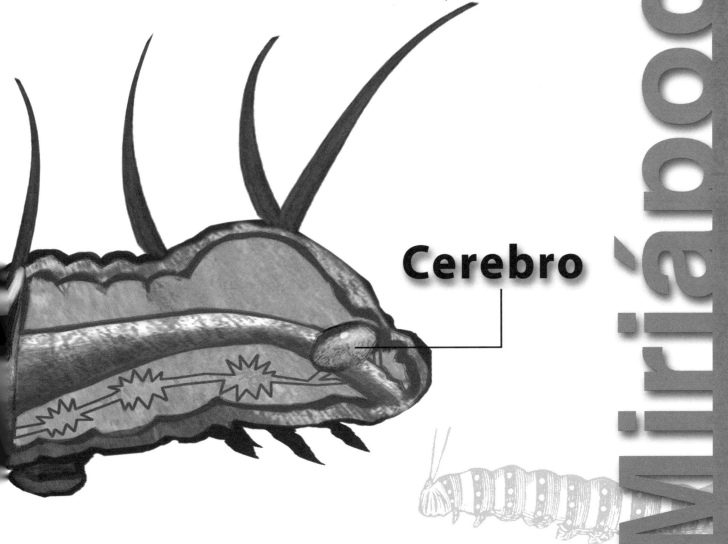

Cerebro

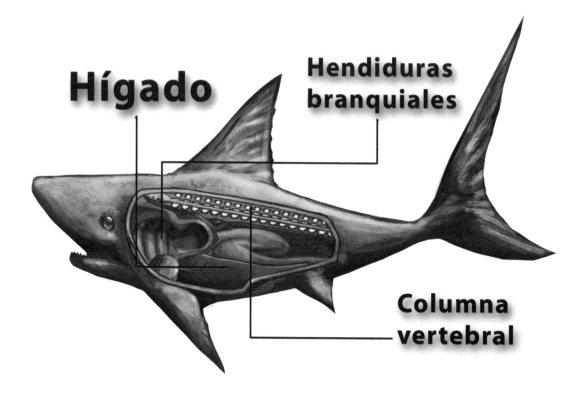

Hígado

Hendiduras branquiales

Columna vertebral

Un fósil viviente

Los animales que actualmente viven en nuestro planeta son resultado de un largo proceso de evolución. Sin embargo, existen algunas excepciones, se trata de seres que se han negado a evolucionar. Algunos de estos extraños animales viven en los mares, tal es el caso del celacanto, un pez que se creía extinguido desde hace 60 millones de años, pero que continúa vivo en las aguas que se localizan al este de África, donde fue redescubierto en 1938. Otro animal marino con estas características es la cacerola de las Molucas, la única superviviente de los merostomas, clase a la que pertenecían los antiguos escorpiones marinos que se extinguieron hace varios millones de años. La neopilina también es un fósil viviente: este animal es un molusco del orden de los monoplacóforos que poblaron nuestro planeta hace unos 600 millones de años.

Fuera del mar, los fósiles vivientes son muy raros. Unos cuantos reptiles, como el varano o el tuatara, y ningún mamífero, a pesar de la antigüedad de los monotremas y marsupiales de América y Oceanía.

Los peces han cambiado su estructura para adaptarse a distintos medios y garantizar su supervivencia.

Los peces son animales vertebrados que viven dentro del agua dulce (como la de los ríos) o salada (como la de los mares), debido a lo cual, carecen de pulmones y obtienen el oxígeno que necesitan por medio de branquias. Algunos de ellos tienen escamas y otros carecen de ellas. Se transportan por medio movimientos ondulatorios de su cola y sus aletas o de todo el cuerpo; en algunos casos su velocidad es asombrosa, el pez vela, por ejemplo, alcanza 100 kilómetros por hora, y en otros su resistencia es sorprendente: el atún puede recorrer casi 400 kilómetros en un día. Vale la pena aclarar que no todos los animales con aletas son peces, pues algunos mamíferos, como las ballenas, también las tienen y comparten el medio ambiente con los peces.

Peces

Lengua

Pulmones

Ojos saltones para sacarlos del agua

Piel que le permite respirar y tomar agua

Existen tres grupos de anfibios: ranas y sapos, salamandras y sirenas, y las vermiformes cecilias. Son animales vertebrados como los peces, reptiles, aves y mamíferos. Tienen sangre fría, su temperatura corporal cambia de acuerdo con la del medio ambiente, y obtienen calor por medio del sol. A diferencia de los animales de sangre caliente, como los mamíferos, la frecuencia con la que se alimentan varía de acuerdo con su temperatura y actividad. Estos animales no tienen pelo, plumas o escamas, su piel está desnuda, lo cual les permite respirar por ella y por sus pulmones. Deben su nombre a dos palabras griegas, *amphi* y *bios*, que significan *doble vida*, debido a que la mayoría de ellos viven en el agua cuando son jóvenes, mientras que en su adultez lo hacen en la tierra.

Anfibios dibujados por un artista anónimo del siglo XIX.

Anfibios

Reptiles dibujados por un artista anónimo del siglo XVIII.

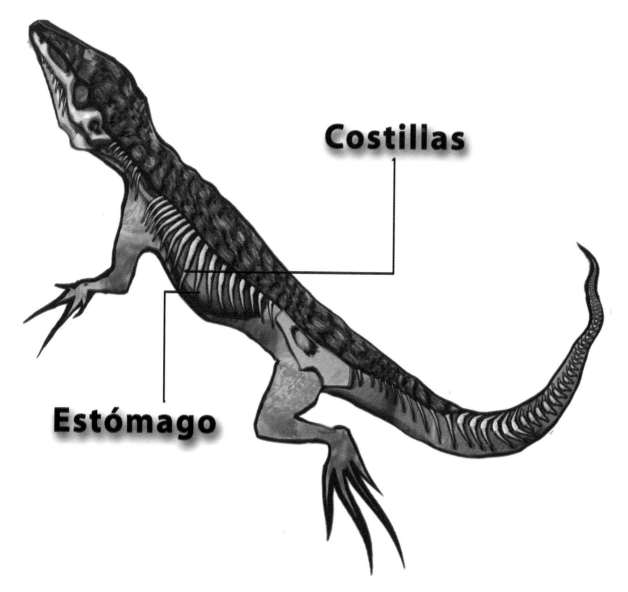

Costillas

Estómago

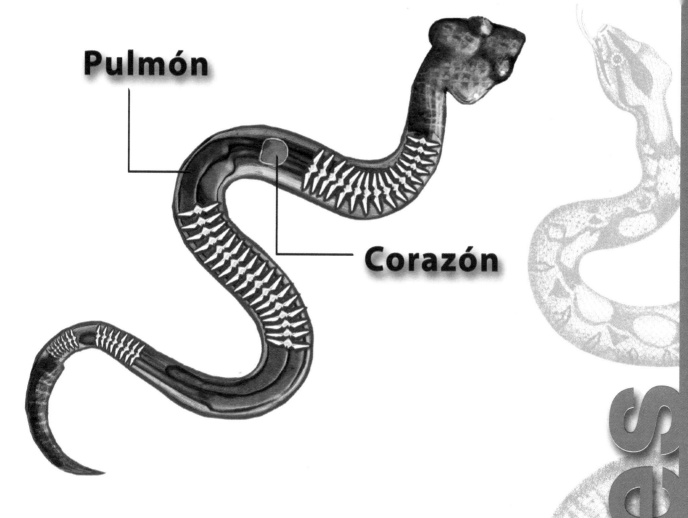

Pulmón

Corazón

Los reptiles son vertebrados y sus crías nacen de huevos. Los hijos son una réplica en pequeño de sus padres; por ejemplo, algunas cobras son mortalmente venenosas desde el momento en que rompen el cascarón. Tienen la piel cubierta de escamas impermeables, lo que les permite conservar la humedad de sus cuerpos y vivir en sitios de intenso calor. Su sangre es fría, como la de los anfibios. En la actualidad existen cinco grupos de reptiles: las serpientes (como las boas), los lagartos (como las iguanas), las tortugas, los cocodrilos (como los caimanes, gaviales y los propios cocodrilos) y el tuatara, un reptil que sólo vive en Oceanía y forma un grupo especial. Un dato curioso es que los reptiles se convirtieron en materia prima de muchas leyendas y la zoología fantástica; a ellos debemos, por ejemplo, el mito de los dragones o el de la hidra que puso en aprietos a Hércules.

Reptiles

Las aves han transformado su tamaño, su capacidad de vuelo y sus hábitos alimentarios para adaptarse a sus medios ambientes.

Plumas que los mantienen calientes

Buche

Estómago

Las aves son animales vertebrados cuya piel está cubierta de plumas, mientras que sus patas tienen escamas. Las plumas les permiten conservar el calor y son impermeables, es decir, el agua resbala sobre ellas. Sus crías nacen de huevos. Algunas aves tienen la capacidad de volar y alcanzan grandes velocidades, como los albatros y los halcones, y otras sólo son veloces corredoras, como los avestru-

ces. Las aves cuya vida es más larga son el *Ara macao* o guacamaya roja (65 años), el cuervo real (50 años), las águilas, búhos reales, pelícanos y avestruces (40 años), mientras que las golondrinas sólo alcanzan los 8 ó 9 años de vida.

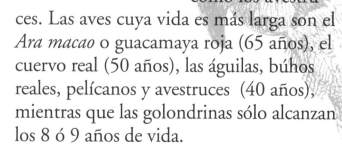

Aves

El lenguaje canino

Los animales más evolucionados han desarrollado sistemas de comunicación. En el caso de los lobos y los perros, este sistema se basa en la posición de sus colas:

Actitud de dominio.

Tranquilidad.

Actitud de alerta.

Sumisión.

Interior del raton

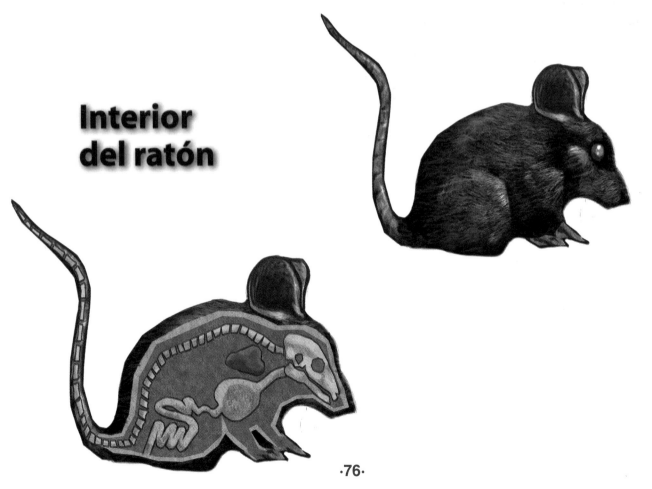

Esqueleto del gato

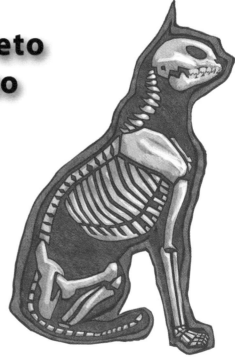

Diferentes especies de mamíferos.

Los mamíferos son animales vertebrados con características específicas: tienen sangre caliente, paren a sus crías y las amamantan durante cierto tiempo, lo que les ha dado su nombre. Los mamíferos no sólo viven sobre la tierra, como los tigres, las vacas y los seres humanos, sino que también pueden tener una existencia total o parcialmente acuática —como las ballenas y los delfines en el primer caso, o como los hipopótamos, en el segundo—. La mayor parte de ellos ciudan a sus cachorros y les enseñan algunos de los secretos para sobrevivir.

Mamíferos

Animales de los

Animales de los cinco continentes

Cierra los ojos y piensa en todos los animales que puedas recordar. ¿Notaste algo curioso? ¿Te fijaste que unos se parecen mucho y otros son muy distintos? Efectivamente, los cocodrilos de África, los caimanes de América, los cocodrilos marinos de Australia y los gaviales de Asia se parecen mucho. Pero los canguros que cargan en su bolsa a sus crías son muy distintos de los tigres que juegan con sus cachorros al momento de nacer, y las llamas de Sudamérica, a pesar de estar emparentadas con los camellos, son muy diferentes de estos habitantes del desierto. ¿Por qué razón existen estas simulitudes y diferencias? Desde los tiempos de Darwin sabemos que se deben a la evolución pero, ¿por qué razones los animales cambiaron tanto? En las siguientes páginas responderemos esta pregunta y te presentaremos a los animales que viven en los cinco continentes.

Algunos de los animales americanos se parecen a los de otros continentes: los caimanes y los cocodrilos son muy similares, los jaguares y los leopardos difieren en pocas cosas, mientras que las llamas y los camellos pertenecen a la misma familia. Por si lo anterior fuera poco, en América, al igual que en otros continentes, hay osos, venados, lobos y ardillas. ¿Por qué razón ocurre este fenómeno? La respuesta es muy simple: hace mucho tiempo Groenlandia unía Europa con América y los animales pasaban de un continente a otro; asimismo, Alaska estaba conectada con Asia por un puente de hielo que aprovechó la fauna y, por último, África y Sudamérica formaban una unidad. Así, cuando los animales de aquellos territorios quedaron atrapados en América a causa de los cambios geográficos, tuvieron que adaptarse a su medio ambiente y se transformaron en los seres que ahora conocemos.

Los caballos fueron traídos a América tras la llegada de Cristóbal Colón.

La fauna americana tiene cierto parentesco con la de otros continentes.

América

África es uno de los continentes más ricos en especies animales, por lo cual fue definido como "el paraíso de los cazadores", lo cual se convirtió en una tragedia para muchas especies. La variedad de climas —que se manifiesta en los desiertos (el Sáhara al norte y el Kalahari al sur), en las sabanas que bordean a los desiertos y las selvas (que se encuentran en el centro del continente)—, aunada a la antigüedad de su territorio permitieron la evolución de una gran cantidad de mamíferos, reptiles, anfibios, aves e invertebrados. A pesar de que se han establecido muchas reservas, los principales riesgos para la fauna nativa se encuentran en el crecimiento de los terrenos agrícolas y la cacería.

La fauna africana es una de las más ricas de nuestro planeta, lamentablemente muchas de sus especies se encuentran en peligro de extinción.

África

Los animales asiáticos están emparentados con los de otros contienentes, pero se han adaptado al medio ambiente.

Asia es el continente más grande del planeta, posee todos los climas y, debido a que la península de la India se incrustó en él después de haber sido parte de África, posee una gran variedad de especies animales. Sus elefantes, rinocerontes y gaviales son algunos de los descendientes de los animales que llegaron de África; asimismo, comparte con Europa algunas especies de osos, ciervos, aves y roedores, entre muchas otras. La inmensidad asiática y su diversidad climática han provocado que algunas especies, para adaptarse al medio ambiente donde viven, hayan sufrido distintos procesos evolutivos, tal es el caso de los tigres que te presentamos en la parte superior de esta página: uno de ellos se adaptó a la selva y el otro al norte helado.

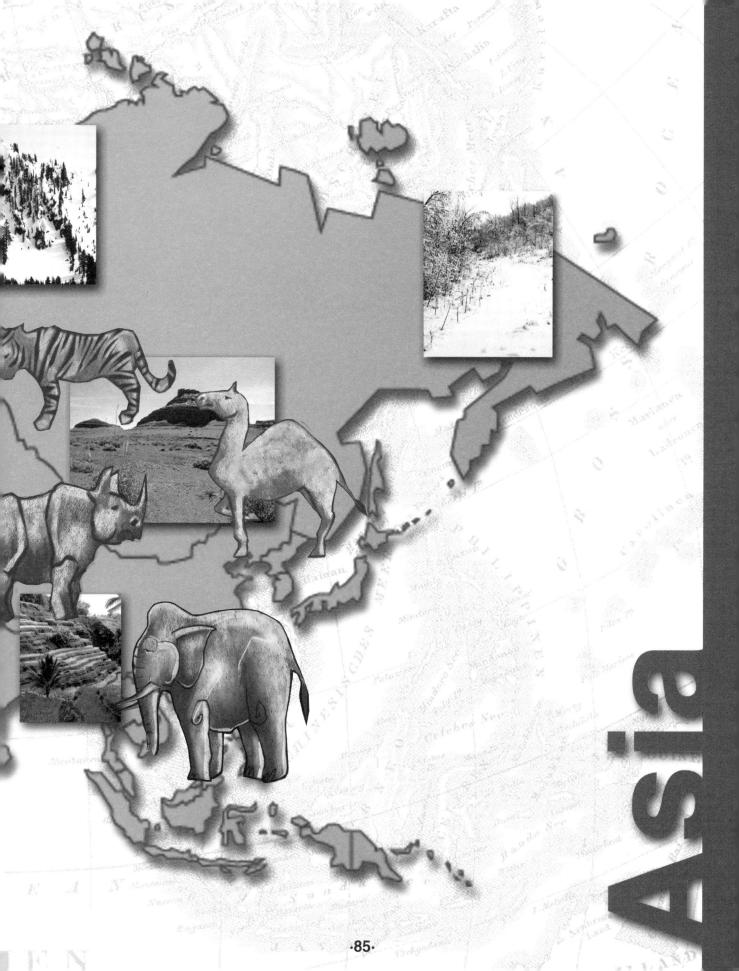

Asia

Europa tiene menor diversidad climática que los demás continentes: no tiene desiertos ni selvas, lo cual implica que muchas especies animales que son características de África y Asia no existan en su territorio. El clima europeo, que va del intenso frío en el norte a una zona cálida en el sur, permitió que prosperaran distintas especies de venados, jabalíes, erizos y lobos. Un dato curioso es que en este continente sólo existen simios en un pequeño territorio: Gibraltar, el estrecho que más lo acerca a África. En términos generales, los países europeos son los que mayor interés han puesto en la conservación de sus especies nativas y han logrado preservar una buena parte de éstas.

Las características climáticas de Europa determinaron el desarrollo de sus especies animales.

Europa

Actualmente, en Oceanía, las especies nativas
conviven con las que han sido importadas
de otros continentes, lo cual ha provocado
graves problemas para la supervivencia
de la fauna local.

¿Sabías que en Australia algunos perros
que abandonaron a sus dueños
se convirtieron en animales salvajes
a los que se conoce como dingos?

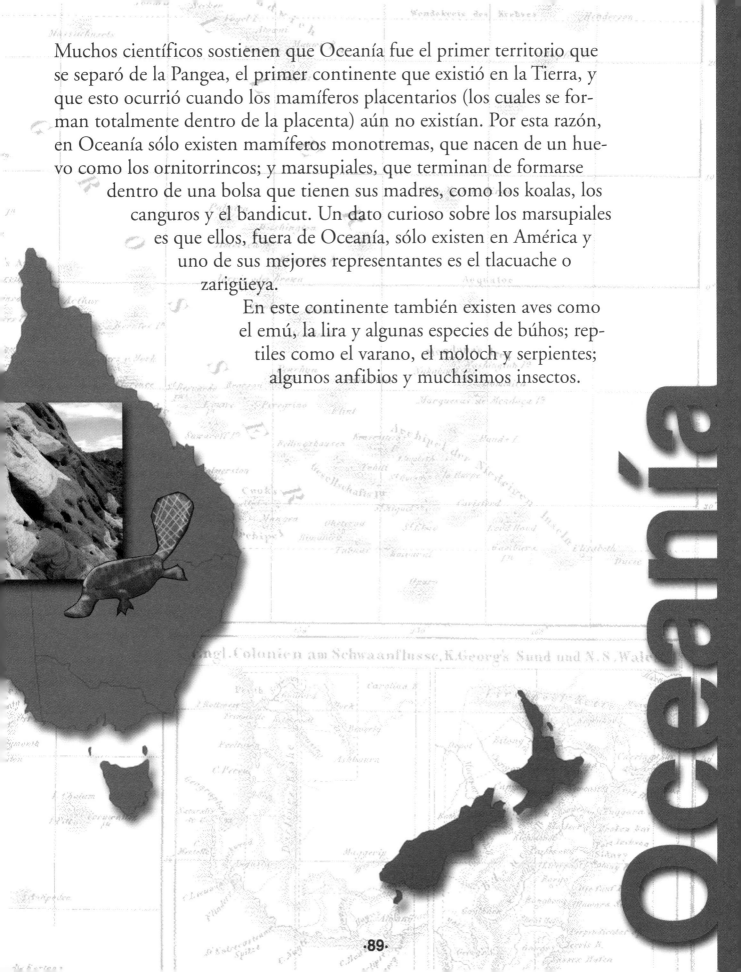

Muchos científicos sostienen que Oceanía fue el primer territorio que se separó de la Pangea, el primer continente que existió en la Tierra, y que esto ocurrió cuando los mamíferos placentarios (los cuales se forman totalmente dentro de la placenta) aún no existían. Por esta razón, en Oceanía sólo existen mamíferos monotremas, que nacen de un huevo como los ornitorrincos; y marsupiales, que terminan de formarse dentro de una bolsa que tienen sus madres, como los koalas, los canguros y el bandicut. Un dato curioso sobre los marsupiales es que ellos, fuera de Oceanía, sólo existen en América y uno de sus mejores representantes es el tlacuache o zarigüeya.

En este continente también existen aves como el emú, la lira y algunas especies de búhos; reptiles como el varano, el moloch y serpientes; algunos anfibios y muchísimos insectos.

Oceanía

La conservac

A lo largo del tiempo han desaparecido infinidad de especies: los dinosaurios, los mamuts, los trilobites y los mastodontes ya no existen en nuestro planeta. Sin embargo, es necesario pensar que las especies no sólo se extinguen a causa de fenómenos naturales, como les ocurrió a los tiranosaurios, sino también como resultado de las acciones del hombre. La cacería, la invasión de sus espacios de vida y la contaminación, entre otros factores, han extinguido o puesto en riesgo la continuidad de muchos animales. Conservarlos no sólo tiene que ver con con su belleza, pues de su presencia depende en buena medida la vida en nuestro planeta.

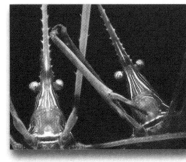

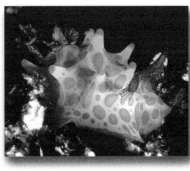

¿Por qué desaparecen?

Las principales causas de la actual extinción de las especies pueden enlistarse de la siguiente manera:

Cacería.

Contaminación.

Destrucción de los hábitats.

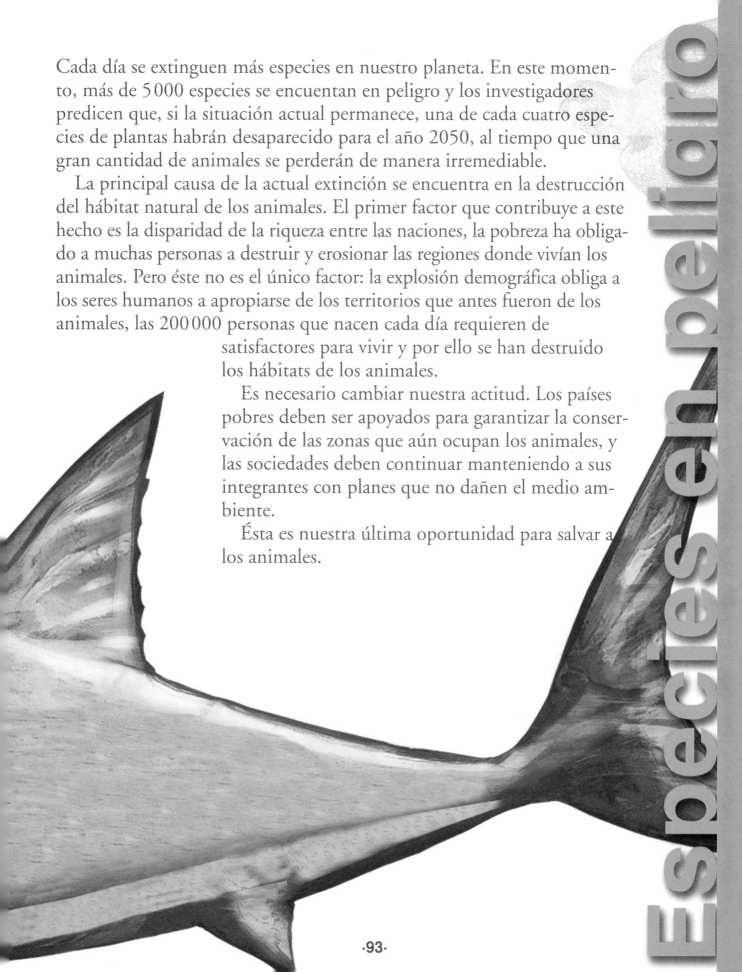

Cada día se extinguen más especies en nuestro planeta. En este momento, más de 5 000 especies se encuentan en peligro y los investigadores predicen que, si la situación actual permanece, una de cada cuatro especies de plantas habrán desaparecido para el año 2050, al tiempo que una gran cantidad de animales se perderán de manera irremediable.

La principal causa de la actual extinción se encuentra en la destrucción del hábitat natural de los animales. El primer factor que contribuye a este hecho es la disparidad de la riqueza entre las naciones, la pobreza ha obligado a muchas personas a destruir y erosionar las regiones donde vivían los animales. Pero éste no es el único factor: la explosión demográfica obliga a los seres humanos a apropiarse de los territorios que antes fueron de los animales, las 200 000 personas que nacen cada día requieren de satisfactores para vivir y por ello se han destruido los hábitats de los animales.

Es necesario cambiar nuestra actitud. Los países pobres deben ser apoyados para garantizar la conservación de las zonas que aún ocupan los animales, y las sociedades deben continuar manteniendo a sus integrantes con planes que no dañen el medio ambiente.

Ésta es nuestra última oportunidad para salvar a los animales.

Panda gigante

Nombre científico: *Ailuropoda melanoleuca.*
Tamaño: 1.5 metros.
Localización: centro y sur de China.

Sus necesidades son sumamente especializadas: a menos que se protejan los bosques de bambú donde viven, ellos se extinguirán por completo en muy poco tiempo.

Cocodrilo americano

Nombre científico: *Crocodylus acutus.*
Tamaño: 6 metros.
Localización: Florida, Cuba, Jamaica, México y Perú.

Su número se ha reducido a niveles alarmantes debido a que sus pieles tienen gran demanda y un elevado precio. Al mismo tiempo, sus hábitats han sido casi totalmente destruidos.

Ajolote

Nombre científico: *Ambystoma mexicanum.*
Tamaño: 25 centímetros.
Localización: México.

Esta salamandra, al convertirse en una popular mascota de acuario, fue capturada con tal intensidad que su supervivencia está en peligro.

Leopardo de las nieves

Nombre científico: *Uncia uncia*.
Tamaño: 1.8 metros.
Localización: oeste de Mongolia y zona del Himalaya.

Es el felino más raro de nuestro planeta y su piel se considera valiosísima, razón por la cual es cazado.

Jaguarundi

Nombre científico: *Herpailurus yaguarundi*.
Tamaño: 70 centímetros.
Localización: América Central y Sudamérica.

Es un gato salvaje que ha sido cazado a fin de exterminarlo por dos razones: se alimenta de algunas aves de corral y se le vende disecado como recuerdo para turistas.

Monstruo de gila

Nombre científico: *Heloderma suspectum*.
Tamaño: 45 centímetros.
Localización: México y suroeste de EE UU.

Es uno de los dos lagartos venenosos, se ha convertido en una mascota exótica y eso lo ha puesto en peligro de extinción.

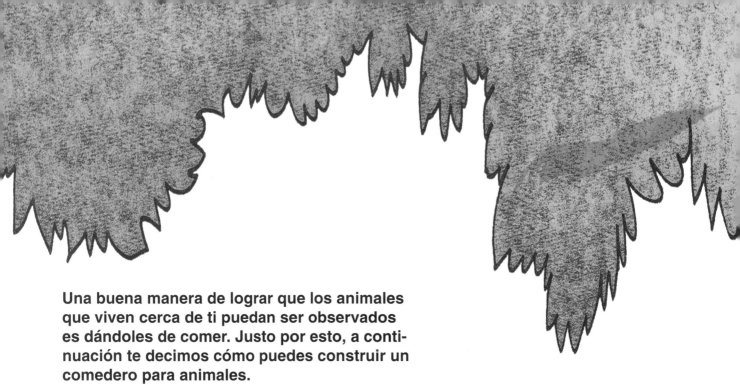

Una buena manera de lograr que los animales que viven cerca de ti puedan ser observados es dándoles de comer. Justo por esto, a continuación te decimos cómo puedes construir un comedero para animales.

Lo primero que necesitas son dos recipientes, uno más hondo que otro.

En el más hondo pon agua y en el menos hondo algunas semillas.

Ahora sólo tienes que mantenerte quieto y en silencio, y esperar a que los animales que viven cerca de ti se acerquen para alimentarse.

Dale de comer

Adentrarse en el terreno de las zoogonías, las ideas biológicas y el mundo animal es fascinate. Sin embargo, este universo es demasiado grande y las preguntas no se hacen esperar. Por esta razón, creo conveniente recomendar algunas lecturas complementarias que pueden ayudar a enfrentar las dudas o, por lo menos, a clarificarlas lo suficiente. Las zoogonías de la antigüedad clásica son espléndidamente explicadas por W. K. C. Guthrie en los volúmenes de su *Historia de la filosofía griega*. Las visiones que sobre los animales se tuvieron durante la Edad Media son el material de una obra que ya se ha convertido en un clásico: el *Bestiario medieval* compilado y prologado por Ignacio Malaxechverría. Por su parte, los cambios en el pensamiento biológico a partir de su revolución han sido tratados en algunos volúmenes de la colección *Viajeros del conocimiento*, en *Las musas de Darwin* de José Sarukhán, en *El enigma de la*

esfinge de Juan Luis Arsuaga y en un par antologías que valdría la pena mencionar: la *Autobiografía de la ciencia* de Moulton y Schiffers, y *La enciclopedia de la ignorancia* de Duncan y Weston.

El estudio de las distintas especies puede ampliarse con el maravilloso volumen intitulado *Animal* y una gran cantidad de libros que abordan los distintos grupos, familias y especies, entre estos destacan los trabajos llevados a cabo por la National Geographic.

Así pues, con las anteriores páginas sólo espero haber abierto la puerta para que más libros entren en los hogares y las escuelas.

Agradecimientos

Este libro, al igual que el resto de los volúmenes que conforman su colección, está lleno de deudas personales y sólo fue posible gracias a una serie de esfuerzos entre los que destacan los realizados por Columba F. Domínguez, Antonio Hernández Estrella, el equipo de Alfaguara Infantil y, en este caso, los de mi asesor preferido: Demián Trueba Lozano.